CINÉNIGMES

CINÉNIGMES

JORDAN LEMARCHAND

BERNARD GRASSET PARIS

ISBN 978-2-246-83614-8

À ma mère

CINÉNIGMES

C'EST QUOI ?

UN JEU VISUEL CONSISTANT À DEVINER LE TITRE D'UN FILM À PARTIR D'UN DESSIN COMPOSÉ UNIQUEMENT DE LETTRES, DE CHIFFRES ET DE SYMBOLES TYPOGRAPHIQUES. LA CLÉ DE L'ÉNIGME RÉSIDE DANS LA MANIÈRE DE LIRE LE TEXTE.

SON ORIGINE

AU XVIIIe SIÈCLE, VOLTAIRE COMMUNIQUAIT PAR LE BIAIS DE MESSAGES CODÉS, COMPOSÉS DE LETTRES ET SYMBOLES TYPOGRAPHIQUES, SORTES DE RÉBUS GRAPHIQUES.

POUR L'INVITER À DÎNER, FRÉDÉRIC II, LE ROI DE PRUSSE LUI FIT PARVENIR CE MESSAGE :

$$\frac{P}{VENEZ} A \frac{6}{100}$$

AUQUEL VOLTAIRE RÉPONDIT :

Ga

RÉPONSE : « VENEZ » SOUS « P » À « CENT » SOUS « SIX », VENEZ SOUPER À SANS-SOUCI.
« G » GRAND « a » PETIT. J'AI GRAND APPÉTIT.

1

SANG

SANG

SANG

A N

Benjamin

MAN

BONHEUR

BONHEUR

BONHEUR

Bonheur

MALHEUR

ELBISREVÉRRI

BLEU

F F F R r R È è È R r R E e E

oui OUI oui oui oui

oui oui

OUI Oui oui non oui

LAN

T · NT · NS

VIIES

O

* &

mouchoirs

- s - i - l

- c - n - e

- h - d - r

TCHOU TCHOU TCHOU

POCHOU

LA

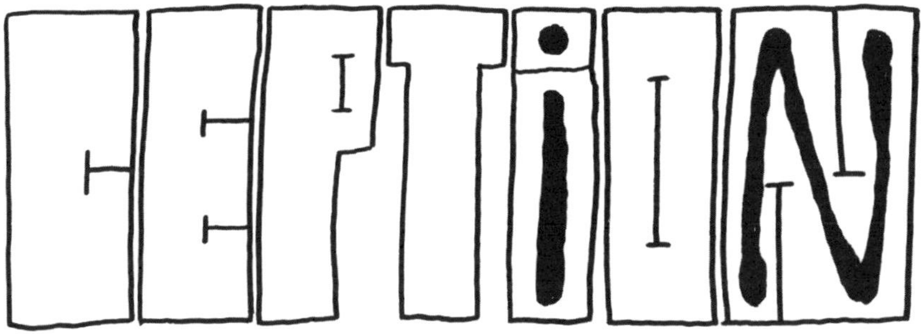

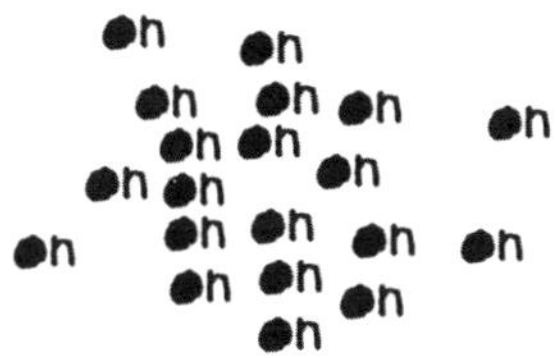

3110

l e s v

CONS

l a

v i e

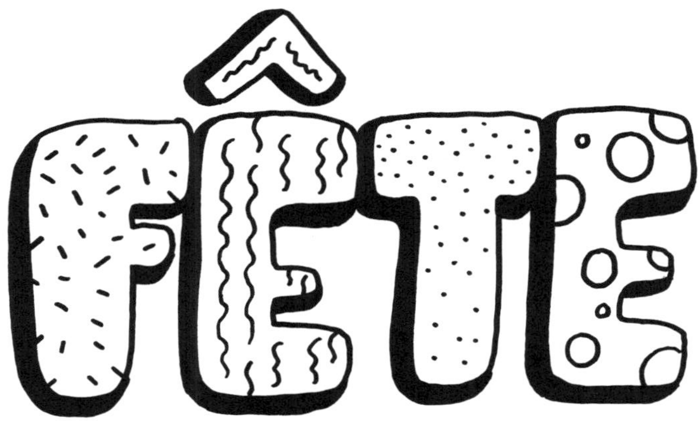
FÊTE

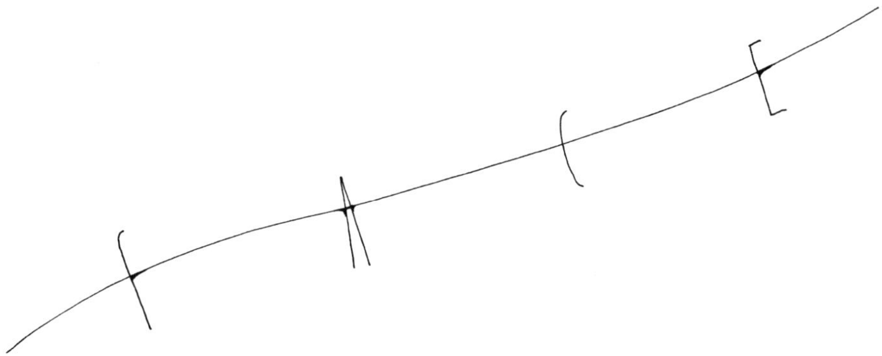

PÈRE NOËL

n or mes

NANTTHEREVE

BINVNU

int

FENÊTRE

jou

THEO

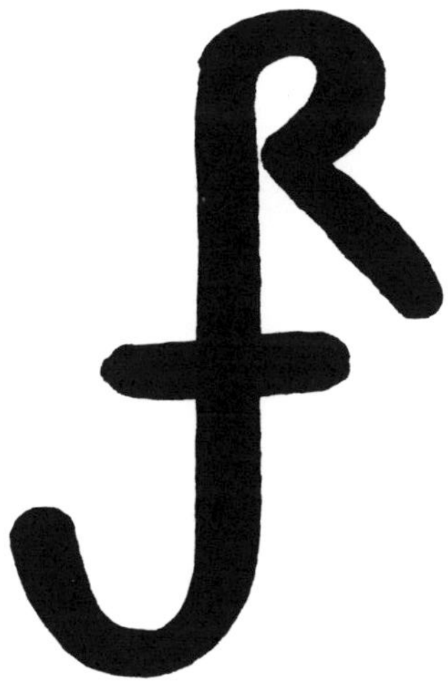

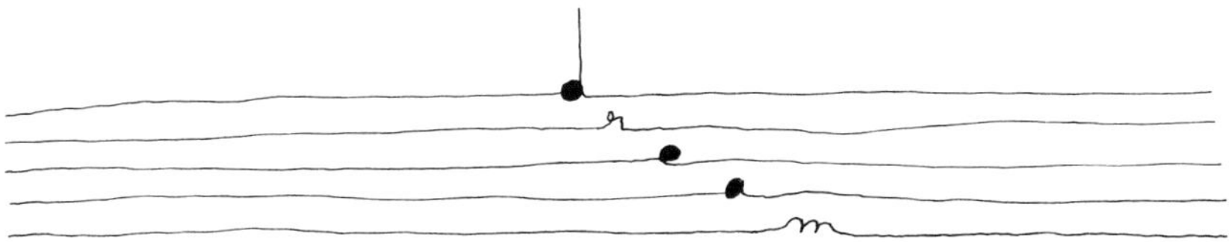
dream

Eeto
mne

NOS JOURS

TRALOSNSLATTION

AMERICAN

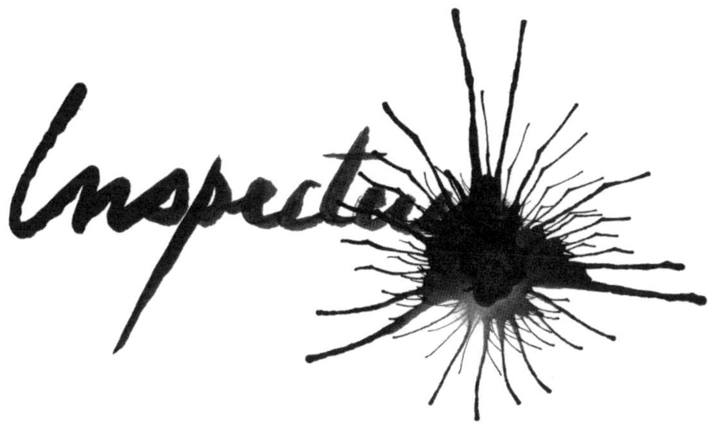
Inspect

STORY

tension

NUIT

fusil

MTR

INDICES

1 - GUERRE
2 - SAVON
3 - MONSTRE
4 - MALADIE
5 - ANIMAL
6 - CÉRÉMONIES
7 - JEUX
8 - À L'ENVERS
9 - JUNGLE
10 - MEDITERRANÉE
11 - TRIO
12 - PROCÈS
13 - COLÈRE
14 - IMPACTS
15 - CHAT
16 - BANDE-DESSINÉE
17 - AMITIÉS
18 - HISTOIRE VRAIE
19 - TRAIN
20 - PLAT
21 - HYPNOSE
22 - RÊVES
23 - EMBOÎTÉES
24 - SNIPEUR
25 - MASQUE
26 - ENVOL
27 - JUSTE
28 - ÉCHANGE
29 - MARIAGE
30 - CICATRICE
31 - S.O.S AMITIÉ
32 - AUTISME
33 - VIE SAUVAGE
34 - NORD
35 - PUISSANCE 3
36 - SURF
37 - VOISIN
38 - NAUFRAGE
39 - OVERBOARD
40 - AVENTURE
41 - RÉPÉTITION
42 - ALLUMETTES
43 - VHS
44 - SHAKESPEARE
45 - ADDICTION
46 - TENNIS
47 - PUZZLE
48 - COLO
49 - TOKYO
50 - GRAFF
51 - TACHE
52 - JOUETS
53 - VOLTAGE
54 - CAUCHEMAR
55 - VENGEANCE
56 - REQUIN

FILMS

1 - 300
2 - FIGHT CLUB
3 - ALIEN
4 - L'ÉTRANGE HISTOIRE DE BENJAMIN BUTTON
5 - BATMAN
6 - QUATRE MARIAGES ET UN ENTERREMENT
7 - DOUBLE JEU
8 - IRRÉVERSIBLE
9 - JUMANJI
10 - LE GRAND BLEU
11 - LES TROIS FRÈRES
12 - 12 HOMMES EN COLÈRE
13 - LA HAINE
14 - LES TONTONS FLINGUEURS
15 - SEPT VIES
16 - ASTÉRIX & OBÉLIX
17 - LES PETITS MOUCHOIRS
18 - LA LISTE DE SCHINDLER
19 - LE TRAIN SIFFLERA TROIS FOIS
20 - LA SOUPE AUX CHOUX
21 - GET OUT
22 - INCEPTION
23 - LES POUPÉES RUSSES
24 - LÉON
25 - HALLOWEEN
26 - LES OISEAUX
27 - LE DÎNER DE CONS
28 - LA VIE EST UN LONG FLEUVE TRANQUILLE
29 - LE SENS DE LA FÊTE
30 - SCARFACE
31 - LE PÈRE NOËL EST UNE ORDURE
32 - HORS NORMES
33 - THE REVENANT
34 - BIENVENUE CHEZ LES CH'TIS
35 - CUBE
36 - POINT BREAK
37 - FENÊTRE SUR COUR
38 - TITANIC
39 - RETOUR VERS LE FUTUR
40 - INTO THE WILD
41 - UN JOUR SANS FIN
42 - RAIN MAN
43 - THE RING
44 - ROMÉO + JULIETTE
45 - REQUIEM FOR A DREAM
46 - MATCH POINT
47 - MEMENTO
48 - NOS JOURS HEUREUX
49 - LOST IN TRANSLATION
50 - AMERICAN GRAFFITI
51 - INSPECTEUR LA BAVURE
52 - TOY STORY
53 - HAUTE TENSION
54 - LES GRIFFES DE LA NUIT
55 - LE VIEUX FUSIL
56 - LES DENTS DE LA MER

Merci à mon éditrice Chloé Deschamps et à la maison Grasset qui m'ont soutenu depuis le début et ont contribué à faire naître ce projet.

Merci à ma petite sœur Alison, mon père Bruno et mon grand frère Julien ainsi qu'Hélène et leurs enfants Alix & Samuel Lemarchand.

Mais aussi à Hugo et sa sœur Laura Diaz, à mes super copains d'enfance du Havre que sont Victor Mocquard, Julien Deschamps, Dimitri Lefebvre, Majid Dagdache, Edouard Fdida, Louis Dero, Arno Cognard, Guillaume Bigot, Olivier Gérard.

Merci à Geneviève Lecerf, Olivier Desmettre, Nicolas Roncerel, Jean-François Goize, Dominique Dureau, Chloé Magel, Vincent Nicole, Brice Martin, Fabien Liénard, Nicolas Cerisola, Charles Dureau, Julie Guégan, Camille Rousseau, Adèle Aubry et sa famille, Julien Korach, Julien Lenne, Romain Duler, Julien Schmidt, Yann Brindejont, François Prost, Mathilde Hamonet, Arielle Chevallier, Anne Alcaraz, Aurore Brière, Shani Benoualid, Céline Delettre, Tom Camus, Guillaume Paulus, Aurélie Mayer, Quentin Mocquard, Patricia Zaharescu, Chloé Ivanovsky, Philippe Lopez, Eric Galmard, Caroline Jugan, Audrey Delaunay, Chloé Chevalier, Margaux Dero, Pauline Baverey, Marie-Alice Lavergne, Francis Def et surtout à Voltaire sans qui ce livre n'aurait pas vu le jour.

Imprimé par Unigraf en Espagne
N° d'édition : 22891
Dépôt légal : novembre 2023